DEUX ET DEUX

FONT QUATRE

VISIONS AU XIXᵉ SIÈCLE

PAR

Ch. VERTRAY

MEMBRE DE PLUSIEURS SOCIÉTÉS SAVANTES.

1ʳᵉ SÉRIE

GRENOBLE

LIBRAIRIE DE PRUDHOMME, RUE LAFAYETTE. 14

1867

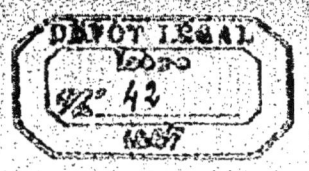

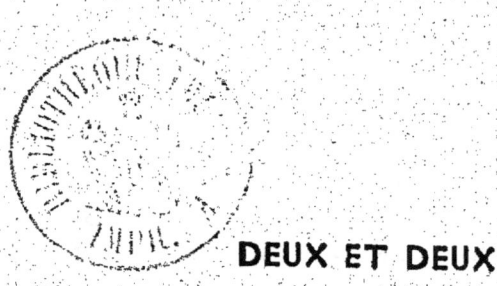

DEUX ET DEUX

FONT QUATRE

AVIS AUX LECTEURS.

L'accueil sympathique fait par des hommes d'élite du Dauphiné et par des littérateurs distingués aux fragments parus précédemment du poème intitulé : *Deux et deux font quatre*, me fait un devoir d'entreprendre *ab ovo* la publication de cet ouvrage dans l'ordre des matières raisonné et logique, en le divisant en six Séries, subdivisées elles-mêmes comme il suit :

1re Série. — Dédicace. — Préface. — Invocation à Ste-Cécile, Prologue. — Comment je devins visionnaire. — L'or. — Le luxe effréné.

2e Série. — La Contagion et l'Exemple. — La Prodigalité. — La Charité, s. v. p. — La Rapacité. — Les Martyrs du siècle.

3e Série. — Le bon Riche. — L'Avidité. — Le Vaisseau noir. — La Pente fatale.

4e Série. — Le Matérialisme. — L'Avarice. — Un Mariage. — L'Envie.

5e Série. — Croissez et multipliez. — Sans dot. — La Bourse. — Le Torrent d'or.

6e Série. — La Famille. — La Mort. — Épilogue. — Épître à mes lecteurs.

Et pour que le volume puisse être broché ou relié lorsque la dernière série aura paru, les chiffres de pagination se continueront de fascicule en fascicule.

Le prix du Fascicule est de 0 fr. 50 pour les souscripteurs et 0 fr. 75 séparément.

Grenoble, le 1er mai 1867. (C.)

DEUX ET DEUX

FONT QUATRE

VISIONS AU XIXᵉ SIÈCLE

PAR

Ch. VERTRAY

MEMBRE DE PLUSIEURS SOCIÉTÉS SAVANTES.

—

1ʳᵉ SÉRIE

—

GRENOBLE

LIBRAIRIE DE PRUDHOMME, RUE LAFAYETTE, 14

—

1867

Grenoble, impr. de Prudhomme. — 4.

A Monsieur François Ponsard,

DE L'ACADÉMIE FRANÇAISE.

~~~~~

Hommage de respectueuse admiration.

~~~~~

L'arbrisseau dit un jour au chêne :
Je redoute la froide haleine
        Des autans
Bien plus que tu ne crains les colères du temps ;
Couvre de tes rameaux ma faiblesse craintive,
Et les efforts du vent deviendront superflus.
        Sous ton ombre, ô roi de la rive,
Je resterai petit, mais ne tremblerai plus...

Grenoble, 1ᵉʳ mai 1867.

                                Ch. VERTRAY.

PRÉFACE.

Deux et deux font quatre est la plus simple expression du positivisme.

C'est la première formule des calculs humains.

Or, le positivisme conduit au matérialisme, dont la spéculation est le corollaire.

Matérialisme et spéculation! n'est-ce pas le résumé des aspirations de notre siècle vers la prospérité factice, vers l'apparence du bien-être et vers la suprématie de la somme?

N'est-ce pas la lutte de l'avidité contre la modération, de l'orgueil contre la vertu, du corps contre l'âme?

N'est-ce pas la ruine du principe sacré de la hiérarchie du mérite par le principe douteux du gain?

Selon moi, il n'y a pas de doute à cet égard, et c'est pourquoi j'ai donné à l'Etude critique que j'entreprends contre les travers ou les caractères saillants de notre époque, le titre bizarre que l'on vient de lire :

DEUX ET DEUX FONT QUATRE.

Et, convenons-en, c'est là le mobile ou le frein de presque toutes les aspirations d'aujourd'hui ; il me serait facile de le prouver, mais le poète n'est pas un dialecticien ; il exprime fièrement, dogmatiquement sa pensée, laissant à d'autres le soin de la commenter.

Le fond du poème que j'offre à quelques lecteurs qui aiment encore le culte de l'imagination, est l'étude et la réfutation des sophismes de l'école matérialiste, en leur opposant les vérités de l'Evangile.

J'ai présenté ce grave sujet sous les aspects fantastiques du rêve, en lui faisant revêtir les formes les plus variées de la poésie lyrique, afin de faire mieux accepter aux yeux et aux oreilles et d'introduire plus facilement dans l'esprit, les vérités, quelquefois dures, dont je me fais l'interprète.

Les Visions au XIX° siècle présentent des caractères généraux, familiers, et des tableaux dont les personnages sont des types ; éloignée cependant des personnalités comme des lieux communs de la satire, mon œuvre attaque le fruit et non l'arbre, car la civilisation nous accoutume et nous force à respecter nos ennemis, même en les combattant.

Si j'ai adopté dans mes tableaux l'hypothèse commode du songe, ce n'est pas pour dégager ma responsabilité, c'est parce que cette forme permet au poète de présenter ses images avec plus de vigueur et d'éclat, et que, dans l'intérêt de la cause, l'exagération devient en quelque sorte une nécessité et ne saurait être critiquée.

Dante n'a-t-il pas fait sous cette forme l'histoire de son époque ?

D'éloquents orateurs, de nobles écrivains et, parmi eux, d'illustres poètes, ont donné et donnent chaque jour l'exemple d'une protestation énergique contre les tendances matérialistes auxquelles il faut soustraire les jeunes générations.

A mon tour, si faible que je sois, je prends part à la lutte.

Loin de moi la pensée de critiquer le progrès !..... je n'attaque que l'abus. La modération prolonge la vie, l'excès l'abrége.

Le progrès moral de l'homme est fondé sur des éléments sans lesquels une société périclite ; ils s'appellent : *Dieu, Vertu, Charité, Honneur, Patrie.* Ne les remplacez pas par un seul : *Argent,* et vous atteindrez le but de ma morale.

Grenoble, 1er mai 1867.

CH. VERTRAY.

INVOCATION A S^{TE}-CÉCILE.

Permets que je t'invoque ici, sainte Cécile!....
L'Antiquité païenne eut, au sacré vallon ,
Des Muses que l'encens à la flamme subtile
      Enivrait auprès d'Apollon.

C'est que le Paganisme, aux cordes de la lyre
Demandait des accents pour de mortels appas ;
Son ciel était la terre, et sa vie, un délire ;
      Il aimait, il ne souffrait pas.

Mais toi, Muse chrétienne! expiant l'harmonie
Que répandaient à flots tes chants prodigieux ,
Martyre tu mourais, charmant ton agonie
      Par des accords religieux.

C'est que la loi du Christ, amour et poésie,
Comme un concert divin à ton âme s'offrait,
Et qu'en ces jours affreux d'orgueil et d'hérésie,
En aimant Jésus on souffrait.

Daigne aussi me prêter l'intrépide courage
Qui relève le cœur par le vice abattu :
En t'invoquant, ô Sainte ! on poursuit son voyage
Sous l'égide de la vertu.

PROLOGUE.

IDÉAL ET MATÉRIALISME.

Il est au fond du Ciel, pour l'âme poétique,
Un refuge secret, harmonieux, mystique,
Où règne la beauté dans ses plus purs attraits,
Portant d'Ève innocente et la grâce et les traits.
Autour d'elle, un rayon de la splendeur divine
Embrase une atmosphère où l'amour se devine,
Et dans laquelle on sent et l'on voit se mouvoir
Tout ce que, sur la terre, on cherche sans le voir :
La force bienveillante et la gloire sans faste,
La dignité modeste et la tendresse chaste,
Le bien sans intérêt, la foi sans trahison,
Le Cœur offrant sa flamme à la vieille raison,

La bonté sans caprice et l'honneur sans délire,
L'esprit sans préjugés et l'âme où l'on peut lire,
La lèvre sans mensonge et l'œil sans impudeur,
La consolation dans sa noble grandeur
Disant à la misère : « Heureux celui qui pleure ! »
Au pauvre sans abri : « Le Ciel est ta demeure ! »

Ce refuge, où jamais n'entre l'écho du mal,
Où la Création reprend son cours normal,
On le nomme IDÉAL !..... noble but du Poète
Dont chaque jour, hélas ! il poursuit la conquête
Sans jamais triompher, mais sans jamais fléchir.
Lorsque chacun s'agite et cherche à s'enrichir,
Lui, penseur sans raison, concentre son courage
Pour marcher en avant et suivre ce mirage
Que Dieu fit pour que l'homme, à la terre attaché,
Vint se lier à lui par quelque nœud caché.....
Le Poète consacre une existence entière
A glorifier l'âme, à vaincre la matière ;
Il le sait trop ! le but vrai de l'humanité
N'appartient pas au temps, mais à l'éternité !

Ah ! laissez-moi tenter cette noble entreprise,
Disperser les bons grains au souffle de la brise,
Apporter une note à l'éternel concert,
Dussé-je même, hélas ! chanter dans le désert ;
Oui : laissez-moi rêver, soupirer, me confondre

Avec ces voix du Ciel ; je voudrais leur répondre,
Et du val des douleurs quittant les sons discords,
Aller au sein de Dieu trouver de purs accords.

Si l'on pouvait un jour abandonner le monde,
Pour goûter l'imprévu de cette paix profonde
Dont jouit le pasteur au sein de ses vallons
Et l'ouvrier des champs courbé sur les sillons ;
De cette paix que Dieu dispense au cénobite ;
Au modeste savant, à l'homme qui médite,
Au Poète inspiré, dont l'esprit radieux
Cherche les vrais plaisirs loin du charme des yeux !
Comme l'on conviendrait que l'enivrante idole,
Malgré son front baigné des flots d'or du Pactole,
Au bonheur de l'esprit n'a rien, non, rien d'égal !
Comme on aspirerait l'air pur de l'Idéal !!
. . . .
Le Monde et l'Idéal ! ce double aspect révèle
A mon âme une lutte, hélas ! trop peu nouvelle
Que Sénèque exposait, quand sur sa table d'or
Il conspuait l'argent, ce dieu si jeune encor ;
Lutte que les humains poursuivent d'âge en âge
Et laissent aux enfants comme un sombre héritage ;
Lutte qui fait la haine, excite aux passions,
Ouvre les camps fiévreux aux révolutions ;
Car Dieu mit dans le peuple un double et fatal germe,
Qui, couvé dans son cœur, froisse son épiderme

Et l'excite au combat. — Métal contre vertu,
Combat fol, dans lequel le cœur reste battu.

Chacun veut être riche et regarde la vie
Comme un brillant théâtre où l'on doit faire envie;
Le *nécessaire* n'est qu'un mot vide de sens ;
Le *superflu* devient un des besoins pressants,
L'argent est aujourd'hui plus que jamais un leurre
Devant lequel chacun gémit, se courbe et pleure. —
Et volontairement, le siècle se soumet
Aux périls des gourmands, sans devenir gourmet.
C'est un mal que le luxe et l'amour du bien-être,
La sotte vanité, le désir de paraître
Ont fait croître en ce siècle avec rapidité,
Au saint nom du progrès et de l'égalité.
Je sais que dès longtemps on a fait la critique
De ce travers de l'homme, honteux et despotique ;
Mais, parce qu'un grand mal reste ce qu'il était,
Croit-on que, contre lui, tout soit dit, tout soit fait?
Non ! — Ce spectre si vieux, à la tête chenue,
M'offre l'âpre intérêt d'une étude inconnue ;
Je saisis le scalpel et je vais, à mon tour,
Le creuser jusqu'aux os, sonder chaque détour
Qu'il prend pour nous corrompre et miner notre vie
Sous l'aspect du triomphe ou les traits de l'envie.
Je veux, sans vaine gloire, attaquer de la voix
Le tyran métallique hardi sur son pavois,

Et je pourrais fort bien me flatter d'héroïsme
En combattant ici...... LE MATÉRIALISME.

Amis qui m'avez lu, soutenez mon ardeur
Contre l'esprit du temps et sa triste froideur !
Accourez à ma voix, ô vous en qui respire
Le sentiment du bien qui m'émeut et m'inspire ;
Aimer sans intérêt est un de mes travers,
Et c'est en vous aimant que j'ai tracé mes vers.
. . . .
La tâche que j'aborde est vaste, difficile ;
Pour vaincre un seul obstacle elle en rencontre mille ;
Mais l'amour du prochain sait donner à mon cœur
Le souffle de la lutte et l'espoir du vainqueur.
Je vois autour de moi le dieu Plutus paraître ,
Non comme un protecteur, mais comme un puissant maître,
S'imposer en tous lieux et traiter en sujets
Les hommes de tout rang... Enrayons ses projets,
Groupons tous nos efforts pour sauver l'édifice
Ecrasé par l'argent et sapé par le vice ,
Et protestons, devant l'âge matériel ,
En faveur de notre âme et des trésors..... du Ciel.

Je sais bien que la Muse au poète est marâtre ;
Qu'elle a laissé mourir Gilbert et Malfilâtre,
Qu'on ne lit plus les vers ; qu'un rimeur est un fou
Qui sans raison attache une corde à son cou ;

2

Mais pour un lecteur seul j'écrirais un poème,
Et tout ce que je fais est pour l'homme que j'aime.
Il est si bon, cet homme... hélas! vous le gâtez
Lorsque vous l'exploitez, que de lui vous doutez,
Et que même au poète — incroyable sarcasme! —
Vous payez avec l'or un faux enthousiasme!...
Qu'importe!... cœurs vaillants ou cœurs étiolés,
Heureux ceux qui liront, ils seront consolés.
Ah! si l'on écrivait pour flatter les faiblesses,
On verrait accourir les succès, les richesses,
Mais la Muse est austère; elle aime les martyrs,
Les êtres convaincus n'ont point de repentirs;
Reflet du feu divin, soleil ardent de l'âme,
Leur inspiration est une pure flamme;
Le barde est courageux; il décrit ce qu'il voit,
Et meurt comme un chrétien confessant ce qu'il croit;
Il trouve auprès de Dieu la noble récompense
De l'apôtre qui lutte et parle comme il pense;
C'est pourquoi je m'exprime avec sincérité.

Ne croyez pas pourtant que, de la vérité
Disciple trop zélé, j'insulte mon semblable:
Ce qui froisse le cœur est vulgaire, blâmable.
L'homme est ce qu'on le fait, et son époque a tort
S'il n'est pas vertueux, désintéressé, fort.
Il est spéculateur aujourd'hui; je dis presque
Trafiquant...... comme un jour il fut chevaleresque.

Il y perd ; les soucis et les calculs brûlants
Sur sa tête, en un jour, sèment les cheveux blancs ;
Le panache léger, les couleurs de la dame,
Valaient un dividende et servaient de réclame ;
Je prends donc notre temps comme il doit être pris,
Heureux si j'y parviens et si je suis compris.
. . . .

Si parfois à vos yeux je suis peu charitable,
C'est que contre le mal je me sens irritable,
Car j'ai mon Idéal ; je voudrais réunis
En un même faisceau tous les cœurs rajeunis.
Dans l'ordre, j'aperçois l'élément du bien-être,
Loin des ambitions, du désir de paraître.....
Je voudrais que chacun dans la société
Estimât plus la paix et la sobriété...
Mais, que le monopole exploite l'infortune,
Que des agioteurs l'affluence importune
En coalition s'érige, et que l'argent
Scinde le monde en deux, le riche et l'indigent ;
Que l'on souffre ici-bas l'usurier et l'avare,
Quand on dompte la fièvre et que la peste est rare ;
Que pour monter plus haut on n'ait plus souvenir
Du passé, plus de foi dans un saint avenir,
C'est ce que je repousse, et pour mieux le combattre
Je prends à l'ennemi son *deux et deux font quatre.*

O vous qui caressez le consolant espoir
D'amasser le matin pour les besoins du soir;
Vous que dans le travail la fortune encourage,
Sans égarer vos yeux par son fatal mirage;
Vous qui savez jouir en faisant des heureux
Avec le superflu; vous tous, cœurs généreux
Qui ne vous élevez que pour aider les autres,
Du succès sans orgueil doux et féconds apôtres,
Je n'ai pas, dans mes vers, voulu parler de vous:
En attaquant l'excès, je vous honore tous!...

Quant à ces cœurs de fange, en voyant leur esquisse
Se profiler souvent au bord de la coulisse,
Cyniques, ils diront, en me riant au nez:
« Nous reconnaissons trop ce que vous désignez;
» Mais la force est pour nous, pour vous est la faiblesse:
» Sûrs de notre succès, rien de vous ne nous blesse,
» Car le succès est tout, et le siècle a raison:
» Son arme, c'est le chiffre, et l'or est son blason! »

L'EXTASE.

A toi, noble attribut de l'âme
Je consacre ces vers; viens soutenir ma foi;
Pour combattre, je sens que j'ai besoin de toi,
De toi, que notre siècle blâme !

Quand le dernier souffle du cœur
Abandonne le corps et, fuyant la matière,
Remonte à l'Eternel, — on pleure au cimetière;
Au Ciel, on reçoit un vainqueur.

La Mort... c'est pour l'âme la vie,
C'est la réalité que cache ce sommeil,
C'est le bonheur rêvé, sans crainte du réveil,
Et c'est la gloire sans envie.

Hé bien, l'extase est une mort ;
C'est la mort pour les sens ; pour l'esprit c'est un rêve
Qui le transporte au Ciel, mais, hélas ! qui s'achève
    Lorsqu'à son tour l'esprit s'endort.

    Je la cherche, alors que ma lyre
Loin des combats mortels fait vibrer ses accents ,
Je la cherche au milieu des parfums de l'encens
    Qu'offre à Dieu notre saint délire.

    Alors, il semble que ma voix
Retrouve ses accords, charmes purs de l'oreille ,
Et que mon jugement tout à coup se réveille
    Guidé par d'indicibles lois.....

    L'extase est le don du Poète :
En s'isolant du monde, il court, comme l'éclair,
A tous les horizons pour immerger sa tête
    Dans les domaines de l'éther.

    Il possède la double vue ;
Son esprit se dilate ; et lorsque des humains,
Comme un grand capitaine, il passe la revue,
    Leur sort semble être dans ses mains.

La clairvoyance est son partage ,
Il est vraiment prophète et messager de Dieu ;
Sa parole est sacrée et vibre d'âge en âge,
    Jetant ses échos en tout lieu.

C'est ainsi que vivaient : Homère,
Rêveur des grands exploits, par la gloire inspiré ;
Virgile, aux doux accents ; Dante, à la voix amère :
    Milton, par le Ciel éclairé.

Chacun d'eux conçut dans l'extase ,
Car dans l'extase on voit Dieu plein de majesté,
Et la terre n'est plus qu'un atome de vase
    Par quelques cirons habité.

On comprend combien grande est l'âme
Près du corps qui périt; on sent, on reconnaît
Que sa splendeur rayonne ainsi que fait la flamme
    Du soleil qui toujours renaît.

Hélas ! lorsque je vois tant d'hommes
Vivre sans se douter qu'il existe un flambeau
Dans leur corps maladif et par eux cru si beau ,
    Je me demande qui nous sommes ?

On dit que Dieu nous fit un jour
Avec un des reflets de sa gloire éternelle ;
Cette émanation puissante, où donc est-elle ?
Est-elle éteinte sans retour ?

Répondez, fils de la matière,
Esclaves endormis près de la liberté,
Qu'êtes-vous ! nul de vous ne le sait ; la fierté
Sur votre front n'est plus altière.

Quelques parcelles de métal
Vous font rêver toujours, exaltent votre ivresse,
Vous courbent vers le sol, excitent votre adresse,
Font de vous un être brutal.

Mais ce fameux corps que l'on aime,
Pour lequel on fait tout, on l'use avant le temps ;
Il s'épuise à l'aurore, il n'a pas de printemps,
Il ne se connaît pas lui-même.

Cherchez, cherchez, aventureux,
Et retrouvez le feu que Dieu mit en vos veines ;
Revenez au bonheur : le vice fait les peines,
Et la vertu fait les heureux.

La paix est le fruit des alarmes ;
Quand nous avons pleuré, le temps sèche nos yeux,
Et le plus doux présent que nous fassent les cieux,
    C'est la sagesse, — fruit des larmes.

    Si dans l'œuvre de mon cerveau
Sous ma parole heureuse, avec art condensée,
L'esprit humain trouvait quelque riche pensée,
    Quelque paysage nouveau,

    C'est qu'en rêvant je t'ai suivie,
Superbe foule humaine aux orgueilleux excès !
C'est que mon esprit libre a trouvé son accès
    Jusqu'à la source de ta vie.
. . . .
. . . .

    Dans l'extase je t'ai conçu,
Livre que je voudrais tout rempli de merveilles ;
A toi j'ai consacré mes études, mes veilles. . . . .
    Las !. . . comment seras-tu reçu ?

DEUX ET DEUX
FONT QUATRE

COMMENT JE DEVINS VISIONNAIRE

IAMBES

Quand parut le petit recueil
Intitulé : *Simple morale*,
Rien n'approchait de mon orgueil,
Ma démarche était doctorale.

Voici, disait ma vanité,
L'antidote de la démence,
Ce volume sera goûté,
C'est un livre de circonstance.

A cet univers agité
Mon ouvrage prêche le calme,
Pour sa naïve utilité,
Espérons qu'il aura la palme.

Hélas! il n'en fut rien, pourtant!
Malgré ses dehors agréables,
Le public, saturé de fables,
Dédaigna mon pauvre important :

— Que viens-tu faire à notre époque?
Lui dit-il : Te civiliser?
Laisse au clou ta vieille défroque,
Au lieu de nous moraliser.

Nous sommes fort bien ; Lafontaine
Serait ridicule aujourd'hui,
Ce bonhomme croquemitaine!
Un enfant en sait plus que lui.

Simple morale? à notre époque
Où tout est si bien ordonné...
Mais ce titre-là seul nous choque,
C'est un sujet abandonné.

Tel fut le sort de mon ouvrage
Sous son habit de papier vert :
Le dédain, l'oubli, froid partage ;
Ah! si du moins on l'eût ouvert!

Mais rien, rien! pas même une excuse,
Dans le titre on se fourvoyait ;
C'était la tête de Méduse :
En le voyant on s'enfuyait.....

Simple morale, pour notre âge
Où tout est brodé, raffiné,
C'est un contre-sens, un outrage ;
Puis on l'imprime..., en Dauphiné !

Un livre n'a point de mérite
S'il n'est édité dans Paris,
C'est là que la langue est écrite
Par Phébus, les grâces, les ris!
. . . .

Assez de dépit ! pauvre Muse,
Porte le deuil de Florian ;
Nous n'aimons plus la cornemuse,
Il nous faut un son plus bruyant.

Le clairon, ce luth des batailles,
Veut des cantates aux grands noms,
Des poèmes pour les entailles
Et des odes pour le canon.....
. . . .

Je pris mon livre à l'étagère
Où dès longtemps il moisissait ;
Ma main à peine le froissait,
Qu'il me dit d'une voix légère :

— Oh ! merci ! l'abandon meurtrit ;
Combien il faut plaindre une feuille
Qui tombe, un lys qui se flétrit,
Dans le vain espoir qu'on les cueille !

— Tu m'as paré d'habits nouveaux,
Tu m'as embelli pour l'enfance ;
Quel est le prix de tes travaux ?
C'est le dédain, presque l'offense.

— Console-toi, cher innocent,
Lui dis-je d'un ton sympathique :
As-tu, dans un besoin pressant,
Rêvé la splendeur métallique ?

— Non ! s'écria-t-il indigné,
Je n'espérais rien, le Pactole
Fut toujours par moi dédaigné ;
L'amour du bien est mon idole.

— Mais c'est moi qui dus t'exposer
A cet insuccès ; — catastrophe
Qui nous a fait, hélas ! poser
Devant Fanfan le philosophe.

— Aujourd'hui donner des leçons,
Lorsque la morale exaspère
Et que, bercé par des chansons,
L'enfant les apprend à son père !

— Et quelles chansons ! l'impudeur
Le dispute à la niaiserie,
Mais, en cachette, à l'éditeur
On les enlève avec furie.....

— Parny, Sedaine et Béranger
Ont bien fait de quitter ce monde,
Ils se sentiraient outrager
Au sein de ce Parnasse immonde.

— Petit livre qu'on ne lit pas,
Ton outrecuidance est extrême ;
Crois-moi, la vertu sans appas
N'est pas aujourd'hui ce qu'on aime.

— Mais auprès du foyer, le soir,
Chacun ouvre un livre agréable,
Et le parfum de l'encensoir
Brûle encor pour l'auteur aimable.

— Car l'homme pense,.... — A s'enrichir;
Oui, le taux d'escompte l'enchante,
Le grand livre est son Elzévir,
Sa morale...., un coupon de rente.

— On boursicote, — on ne lit plus;
Près du foyer, sous la charmille,
Les bon livres sont superflus,
L'argent est tout pour la famille.

— On aime l'excentricité,
Le journal verbeux qui fait rire,
L'homme atteint de caducité
Se rit des accords de ta lyre.

— Veux-tu la publique faveur?
Contre le sort, pourquoi te battre?
Donne à mon heureux successeur
Le titre : *Deux et deux font quatre.*

— Souvent la popularité
Naît d'un mot, tête de chapitre ;
Il arrache à l'obscurité ;
Plus d'un succès ne tient qu'au titre.

— Oui, sous l'ombre de quatre mots
Intéressant la multitude,
Tu peux, à la barbe des sots,
Toucher au but de ton étude.

— Ainsi, tes efforts précieux
Seront imposés au vulgaire ;
Cette ruse est de bonne guerre :
On arrive au cœur par les yeux.

— Le bon disciple de Barême
Qui se pose en calculateur,
Verra quelque nouveau problème
Sous ce titre fascinateur.

— Bon ! pensera le pauvre hère ;
Ce titre donne à réfléchir !
Un tel livre cache un mystère.....
S'il enseignait à s'enrichir !...

— Je devine là quelque affaire ,
Soupirera le commerçant ;
Entrons vite chez le libraire,
Ce titre est fort intéressant.

— Et le savant que rien ne choque,
S'arrêtant d'un air attentif,
Dira : Ce titre est de l'époque
Le caractère positif......»

— Tiens! glapira la cuisinière
A son ami le cuisinier,
Si c'était une autre manière
De fair' danser l'ans' du panier ?

— Et le bon père de famille
Verra quelque moralité
Sous cette annonce, qui ne brille
Par aucune excentricité.
. . . .

— Quel succès charmant ! quelle vogue!
Sous ces dehors, mon cher auteur ,
Tu n'es prétentieux ni rogue,
Et tu deviens spéculateur.

— Je vois s'engouffrer tes maximes
Dans la poche du mécréant,
Et du sein des sombres abîmes
Satan sortir en maugréant. »

Ainsi de ma *Simple morale*
La voix retentit dans mon cœur,
Le but est tout pour le vainqueur :
Qu'importe un moment de scandale ?

Ce titre était un vrai trésor :
Deux et deux font quatre, ô magie !
C'est bien notre siècle, c'est l'or,
Son procès, son apologie.

Deux et deux font quatre ! — hélas ! oui,
C'est l'esprit, la force, l'adresse,
C'est la tendance d'aujourd'hui,
Avec son résultat : — Richesse.

En vain disais-je : aventureux,
Quoi ? tu vas déclarer la guerre
A la moitié des gens heureux
Que possède aujourd'hui la terre !

Ton but est absurde, imprudent ;
Cependant tu le crois sublime.
Le monde attaqué par ta dent
Répond : « Serpent, je suis la lime ! »
. . . .

L'insuccès retrempe le cœur,
Le vent accoutume à l'orage,
Le premier feu seul nous fait peur,
Le péril forme le courage.

Le bachelier devient savant,
Et plus d'un amiral fut mousse ;
Allons ! m'écriai-je, en avant !
Simple morale, à la rescousse !...

Pour vaincre, suis tous les détours
Que te conseille la prudence ;
La beauté prend bien des atours,
Dieu bénit la persévérance.
. . . .

L'horizon était sans soleil,
Un tison brûlait dans mon âtre,
Je m'endormis d'un lourd sommeil,
Murmurant : *Deux et deux font quatre.*

Puis sur mes yeux un voile noir
S'étendit comme un ciel d'orage,
Et la Morale me fit voir
Ce que je peins en cet ouvrage.

———————

PREMIÈRE VISION

—

L'OR

Parle ! qui donc es-tu ? forme resplendissante !
Ton aspect fait mouvoir la foule frémissante
A travers les périls, les obstacles sans fin,
Bravant le fer, le feu, le froid, la mort, la faim !
Qui donc es-tu, tyran dont le sceptre magique
Rend à l'homme amolli la puissance énergique
Et confond tout, les rangs, les sexes, les États,
Pauvres fils de la glèbe, orgueilleux potentats,
Femmes à l'œil d'azur, à la prunelle noire,
Vieillesse au cœur glacé, jeunesse ivre de gloire !

Je vois autour de toi les ombres de Bélus,
Du roi Sardanapale et du fou Lucullus ;
Judas te tend la main qui va livrer son maître,
Le spectre de Crésus près de toi vient paraître.

Avec ces courtisans transformés en valets,
Tu visites la cour, l'atelier, le palais,
Réveillant la richesse, endormant l'indigence,
Chacun semble t'attendre et bénir ta présence;
Sous le toit des humains tu laisses le désir,
Et quand tu disparais, il n'est plus de plaisir !

Comme l'astre du jour poursuivant sa carrière
Eclipse chaque étoile aux champs de la lumière,
Près de toi tout pâlit : honneur, vertu, talent ;
Et la gloire elle-même au front étincelant,
La gloire, en t'approchant, s'incline avec mystère,
Elle a besoin de toi pour dominer la terre.
Tu sembles attirer et rouler confondus,
Les émergés d'en bas, ceux d'en haut descendus;
Les bords de ton manteau se traînent dans la fange
Et chacun lutte et meurt pour en baiser la frange.....

Qui donc es-tu? Je vois, sur un signe de toi,
S'élancer les mortels bravant l'ordre, la loi,
Entraînant au milieu des plus sombres orages
Les plus savants esprits, les plus fermes courages ;
Parfois, tu les conduis au sommet des grandeurs,
Pour les plonger ensuite au sein des profondeurs;
Et toujours on te suit, car ta robe est brillante,
Ton front a du soleil la flamme étincelante.
Ah! si tu veux mon cœur, qui te redoute encor,
Dis-moi quel est ton nom?—Eh bien! mon nom, c'est l'OR.

Je suis le dieu du siècle, et mon pouvoir immense
Protége le génie ou produit la démence;
Je fais tout oublier!...— Mais soudain, un éclair
Renversa cette idole ; aux purs échos de l'air
Retentirent ces mots : « Corrupteur éphémère,
» Toi, rêve de mes fils, décevante chimère!
» Ton règne est imposteur, tu n'es que vanité :
» L'homme est au Dieu du temps et de l'éternité! »
. . . .
Et je ne vis plus rien; le fracas métallique
Disparut aux accents d'un concert angélique.

—

LE LUXE EFFRÉNÉ

DES HOMMES ET DES FEMMES

I.

C'était un doux concert de notes inconnues,
Dont les sons se perdaient lentement vers les nues,
Quelque chose de simple et de fondu, de pur
Comme le crépuscule en un beau ciel d'azur.

Par ces divins accords mon âme épanouie,
Ne pensait plus à l'OR; une ardeur inouïe
Dilatait tout mon être; une émanation
Suave m'inondait d'amour, d'émotion.

Je vis alors, au fond du ciel, spectacle étrange !
Un beau nuage blanc, précédé par un ange,

Et le concert divin aussitôt entonna
Son chant le plus vibrant, son plus bel hosannah.

« Gloire ! disait le chœur, honneur aux nobles mères !
» Honneur au dévoûment dans les peines amères !
» Louange à l'amour pur ! Courbez-vous en tout lieu,
» Voici la femme !… Honneur au chef-d'œuvre de Dieu !»

Du nuage sortaient des ombres vaporeuses,
Simples dans leurs atours comme les bienheureuses,
Modestes, n'excitant aucun désir charnel ;
Douces fleurs des jardins du séjour éternel.

Auprès de Pénélope, ornement de la Grèce,
Suzanne, Esther, Sarah, Jeanne Darc et Lucrèce,
Cornélie et ma mère..... en les voyant passer,
De mon cœur rajeuni tout semblait s'effacer.

Puis les saintes du ciel, en joyeuses phalanges,
Dans leurs longs manteaux blancs volaient avec les anges,
Cécile, Agathe, Agnès, et de saint Augustin
La Mère unie au fils dans l'éternel destin.

Ces apparitions reposaient tout mon être;
Ces femmes du devoir, je les voyais paraître

Belles de leurs vertus, splendides de pudeur,
Vers Dieu seul concentrant une céleste ardeur.

Et le chœur répétait : « Honneur aux nobles mères!
» Honneur au dévoûment dans les peines amères!
» Louange à l'amour pur! Courbez-vous en tout lieu!
» Gloire à la femme sainte, au chef-d'œuvre de Dieu!

Devant cette harmonie et ce touchant spectacle,
Je me sentais ravi ; mon esprit sans obstacle
Comprenait le vrai bien et la sublimité
Que peut trouver la femme au devoir limité.

Je comprenais la vierge ardente à la prière,
La mère à ses enfants consacrant sa carrière,
L'épouse vigilante à de communs besoins
Consacrant ses instants, son esprit et ses soins.

II.

Tout à coup, un palais fait de marbre et de pierre
De son rigide aspect vint frapper ma paupière :
Il s'ouvrit, et je vis se dresser devant moi
L'imposant tribunal dont émane la loi.

Mon regard s'arrêta sur un homme au front vaste,
Au sourire charmant, à l'œil profond et chaste
Qui semblait dominer de toute sa hauteur
Ce cénacle de Rois..... c'était un orateur.

Sous son verbe éloquent, chacun savait se taire,
Il discourait alors, en philosophe austère,
Contre l'abus fatal de ce luxe effréné
Par lequel notre siècle est, hélas ! fasciné.

J'entendais son discours : — il accusait la femme,
Cet être que naguère encor voyait mon âme
Au milieu des splendeurs des célestes rayons,
Loin des futilités, des folles passions :

« La femme, disait-il, par le luxe ravie,
Laisse, hélas ! en oubli, les devoirs de sa vie,
Ses plus chers intérêts, pour des hochets coûteux,
Stériles ornements des hommes vaniteux.

— Si l'ange du logis, du foyer domestique,
S'éloigne chaque jour de la pudeur antique,
Si l'homme est soucieux, s'il lutte et s'il gémit,
C'est qu'à son joug doré, la mode le soumit.

— La mode?... Qu'est-ce donc? Une forme nouvelle,
De plus riches tissus..... femme, en es-tu plus belle?
Un seul être applaudit, peut-être, en se moquant
De ta splendeur mobile... et c'est le fabricant.

— On dit qu'il faut pousser au luxe, et l'on applique
A ces conditions la richesse publique;
Secondons le commerce et l'exploitation,
Mais gardons-nous d'aider la spéculation;

— Car elle arrive un jour, la fatale échéance,
Où l'orgueil doit payer sa dette à la créance:
Il faut solder enfin tous ces brillants atours,
Tous ces plis étalés sur tant de faux contours.
. . . .

— Comment fait-elle alors, cette femme indolente
Avec ses vains désirs et sa foi chancelante?
Ce qu'elle fait?... hélas! il faut le deviner:
Plaignons le pauvre cœur qui se laisse entraîner.

— La femme veut briller? Eh bien, oui! qu'elle brille,
Par de chastes vertus, au sein de sa famille;
Mais ne transformez pas une vierge en houri,
L'épouse en courtisane, en courtier son mari.

— Mais pourquoi, dira-t-on, n'attaquer que la femme?
L'homme est-il à l'abri des excès que l'on blâme?
Pourquoi? c'est que cet être, au devoir enchaîné,
À fonder la famille est par Dieu destiné.

— Cet être, c'est la source et l'âme de la vie,
Il est, par les enfants, l'espoir de la Patrie,
Et c'est par lui que naît et croît le genre humain.....
Oui! tout notre avenir se trouve dans sa main.

— C'est que, tandis que l'homme, à la paix, à la guerre,
Au milieu des dangers, va parcourir la terre,
La femme au saint foyer doit, par des soins divers,
Préparer son repos et prévoir ses revers.

— C'est que, pour les enfants, la femme est un modèle,
Qu'ils règlent leur esprit sur un geste, un mot d'elle;
Tandis que l'homme, à peine apparaît quelquefois
Pour faire à ses enfants reconnaître sa voix.

— Oui! des traditions frêle dépositaire,
La femme est influente et gouverne la terre;
Et lorsque ses défauts deviennent triomphants,
On doit les attaquer, au nom de ses enfants!»
. . . .

III.

L'éloquent orateur en eût dit plus encore
Sur le sexe charmant que notre sexe adore,
Mais le tableau changea..... sous l'abri d'un bosquet
Je vis des jeunes gens groupés pour un banquet.

On parla de beautés, et plus d'une Aspasie
Défrayait les lazzis de la bande choisie,
Quand, de l'amour des sens écartant les sujets,
On daigna s'occuper de plus chastes objets.

Un imberbe élégant parla de mariage;
J'entends encor ses cris aigus, son verbiage!...
— La femme? ah! disait-il, qui voudrait en chercher?
Aujourd'hui, palsambleu! c'est un bijou trop cher.

— Son éducation?... c'est la mode profane
Ecrasant un bouquet avant qu'il ne se fane;
C'est l'exemple fatal puisé dans la maison,
L'amour du superflu, l'habit de la saison!

— Si la brise trop vive agite ses dentelles,
C'est un sujet d'horreur et de craintes mortelles,
Et contre le nuage, indiscret porteur d'eau,
Elle abrite en tremblant les fleurs de son chapeau.

— C'est un camélia qui ne vit et prospère
Que sous le chaud cristal d'une opulente serre;
Au premier flocon blanc son pétale jaunit...
Tel est l'être charmant auquel on nous unit.

— En voyant ces oiseaux qui dédaignent leur cage,
Auxquels il faut toujours quelque nouveau bocage,
Des chants, du bruit, des jeux, de l'or sur le chemin,
Je ne suis pas Crésus et je pense à demain.

— Mais, que dis-je? l'argent que la dot nous apporte,
Aux goûts capricieux ouvre galment la porte,
Un million n'est rien devant l'envahisseur
Traîtreusement pourvu du nom de fournisseur.

— Quant à moi, mes amis, je n'aime pas me battre
Contre l'argent; je sais que *deux et deux font quatre*;
D'épouser un bazar, je me trouve guéri,
Il faut être nabab pour devenir mari!

IV.

Avait-il tous les torts, ce jeune homme sceptique?
Non! son raisonnement offrait un sens pratique,
Et je m'y trouvais pris, quand du sein des ormeaux,
Une voix s'écria : « Le cœur guérit les maux!

— Ecoutez : oui, la femme a sous votre torture
Quelquefois oublié les lois de la nature,
Car, en la méprisant, vous lui faites un sort
Plus froid que le tombeau, plus triste que la mort.

— Vos cercles et vos jeux, les hasards de la bourse,
Le club et le tripot, les paris d'une course,
Et bien d'autres émois vous éloignent de nous;
Mais votre dédain seul nous éloigne de vous.

— Vous gaspillez l'argent dans des calculs sans nombre
Qui ferment votre cœur, rendent votre esprit sombre,
Tandis que nous cherchons de plus riants atours
Pour obtenir de vous quelques vagues retours.

— Vous flattez Aspasie et louez Messaline,
Tandis que nous parons de blanche mousseline
Nos charmes délaissés, pour que vos yeux railleurs
Trouvent en nous l'attrait qu'ils recherchent ailleurs.

— Epoux ! rendez-nous donc votre temps et votre âme,
Et respectez en nous, aveugles ! cette femme
Que vous aimiez jadis, qui vit dans l'abandon,
Mais dont le cœur, pour vous, est riche de pardon.»

Ces mots étaient touchants; ineffable harmonie,
Leur douceur sans mélange et leur grâce infinie
Portaient comme un remords jusques au fond du cœur,
Eteignant dans l'esprit le sarcasme moqueur.

D'où venait cette voix? je vis la forme blanche
D'une pure beauté s'élever sur la branche
Au-dessus du festin des jeunes gens joyeux,
Puis, comme une vapeur, se perdre dans les cieux.

C'était peut-être, hélas ! quelqu'ombre passagère
Des martyrs de l'hymen; cette forme légère
Etait une victime et venait conjurer
Pour d'autres les douleurs qui l'avaient fait pleurer !

Et Satan s'écriait, du fond du noir abîme :

» La femme t'a perdu, fais-lui payer son crime;

» Son cœur est perverti, perfide est son amour,

» Tu seras malheureux si tu la crois un jour ! »

Mais du sein d'un nuage, étincelant de gloire,

Un bel ange disait : « Conserve la mémoire

» D'un précepte sacré de la divine loi :

» Aux autres ne fais pas ce que tu crains pour toi. »

———

TRÊVE DE MORALE

Si tout poète, à mon image,
Loin des charmes du badinage,
Composait des vers en grondant,
Comme un philosophe pédant,
Qui de nous daignerait le lire?
L'esprit humain souffre la lyre,
Mais qui lui donne autorité?
Ce n'est pas la sévérité.

Vous avez trouvé, je le gage,
Un peu fatigant ce voyage,
Sombre, fantastique, imprévu,
Et dans lequel votre œil a vu
Quelques tristes points du domaine
Où se débat l'espèce humaine....
Goûtez les charmes du repos,
Je cours rafraîchir mes pipeaux.

Ma tendre muse qui vous aime,
Vous quitte un instant elle-même,
Et va chercher la liberté
Dans les champs de l'hilarité.
Au retour, elle veut vous plaire,
Vous intéresser, vous distraire,
Laissant ses habits fastueux
Et ses discours impétueux.

Sa robe est blanche ; elle est légère
Plus qu'une robe de bergère,
Son œil est voilé de pudeur,
Sa joue est fraîche de candeur ;
Sa lèvre rose, avec tendresse,
Semble provoquer la caresse
Des fleurs, des parfums, des zéphirs,
Amours du printemps, — doux plaisirs !

Son bras arrondi dans l'espace
Arrête un gai lutin qui passe
Dans un chaud rayon de soleil,
Cherchant un calice vermeil....
Mais entre le myrthe et la rose,
Je vois son pied qui se repose,
Et moi près d'elle, Dieu merci,
Je vais me reposer aussi.

www.ingramcontent.com/pod-product-compliance
Lightning Source LLC
Chambersburg PA
CBHW061648180626
46818CB00003B/1010